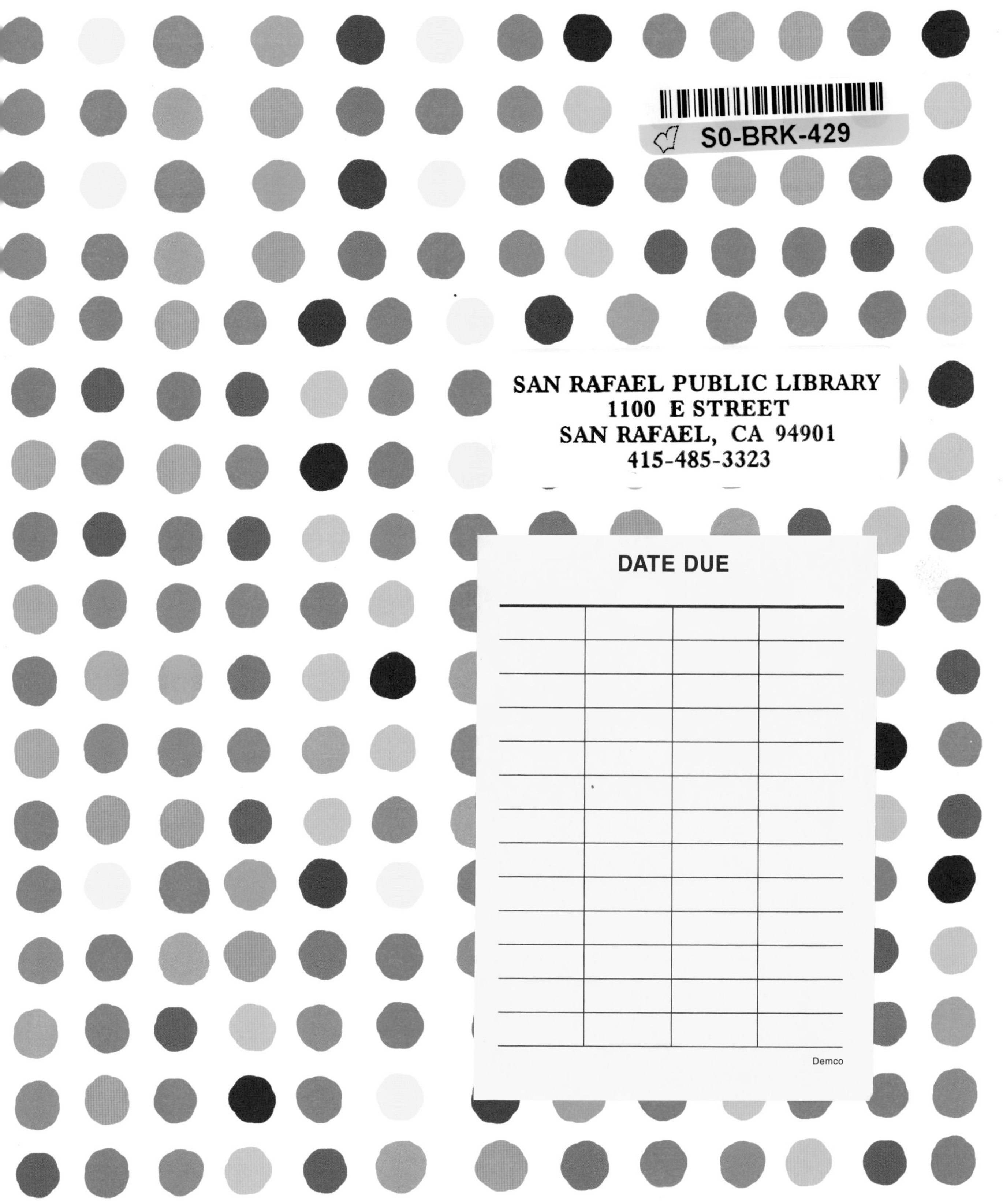

Primera edición en portugués, 2008
Primera edición en español, 2013

Minhós Martins, Isabel
¿Eres tú? / Isabel Minhós Martins ; ilus. de Bernardo Carvalho ; trad. de Fátima Andreu, María Baranda. — México : FCE, 2013
[32] p. : ilus. ; 22 × 20 cm — (Colec. Los Especiales de A la Orilla del Viento)
Título original: És Mesmo Tu?
ISBN 978-607-16-1628-9

1. Literatura infantil I. Carvalho, Bernardo, il. II. Andreu, Fátima, tr. III. Baranda, María, tr. IV. Ser. V. t.

LC PZ7 Dewey 808.068 M399e

Distribución mundial

Carretera Picacho Ajusco 227, Bosques del Pedregal, C. P. 14738, México, D. F.
www.fondodeculturaeconomica.com
Empresa certificada ISO 9001:2008

Colección dirigida por Socorro Venegas
Proyecto editorial: Eliana Pasarán
Edición: Angélica Antonio Monroy
Diseño: Miguel Venegas Geffroy
Traducción: Fátima Andreu y María Baranda

Comentarios y sugerencias:
librosparaninos@fondodeculturaeconomica.com
Tel.: (55) 5449-1871. Fax: (55) 5449-1873

ISBN 978-607-16-1628-9

De boca en boca y de bota en bota, *¿Eres tú?* se terminó de imprimir y encuadernar en noviembre de 2013 en Impresora y Encuadernadora Progreso, S. A. de C. V. (IEPSA), calzada San Lorenzo 244, Paraje San Juan, C. P. 09830, México, D. F.

El tiraje fue de 6000 ejemplares.

Impreso en México • *Printed in Mexico*

LOS ESPECIALES DE
A la orilla del viento
FONDO DE CULTURA ECONÓMICA

¿ERES TÚ?
ISABEL MINHÓS MARTINS
BERNARDO CARVALHO

Oye, oye…
¿Quién es ésa que va allí?
¿No es Inés?

¿Inés? ¿Cuál Inés?

Inés, la chiquita, la que se peina con raya al revés.
Inés, la que perdió su bota en el recreo una vez.
Inés, la distraída, la hermana de José.

¿José? **¿Cuál José?**

José, el grandulón.
El que comió lagartija
pensando que era salchicha.
El que buscó la bota de Inés
en el tejado con Toño una vez.

¿Toño? ¿Cuál Toño?
¿El de las orejas de elefante?
¿El que las mueve hacia atrás
y hacia adelante?

¡No!
El que jugó luchitas con Vicente José.
Toño, el que desespera a Lulú cada vez.
¿Lulú? ¿Cuál Lulú?
Vicente José

Lulú, a la que no le gusta que le digan Lulú.
La amiga de Ana, la gitana,
la que come plátano y de manos se para.

La que dijo
que la bota de Inés
desapareció…
Que fue una bruja
quien se la llevó.

¿No es la que dice mal las "eles"?
¿La que va con Rita en los desfiles?

Sí, la prima de Joaquín,
el que tiene la nariz así:

El que dice que todo este misterio
huele a gato encerrado…
Que esa mañana vio a un burro pasar
que la bota de Inés se quiso llevar…
(¡La bota que estaba rota!
Eso fue lo que dijo Vanessa,
la que habla como si comiera
sopita de letras.)

Ah, ésa, ¿la que es una cotorra
y no para de hablar?

¡No!

Ésa es Vanessa Tovar…
Ésta es Tina, la que cruza
la piscina sin respirar.

La que jura y asegura
que vio a un extraterrestre
salir por la mañana de un objeto celeste,
para llevar la bota a otro lugar.

¡No! ¡Eso no es verdad!

Vanda también lo cree.
Ella y Natasha…
Natasha sí sé quién es, pero
¿Vanda…?¿Quién es Vanda?
¡La que se cree capitana y manda!
Vanda Varinia del mar. Vanda,
la hija del señor Cerecedo.

¿El que metió el pie en un agujero?

Sí, el que dijo que la bota de Inés
se fue por el barranco.
Y que allá no llegaba porque era manco.

¿Ése no es el tío de Rita?
Rita, la payasita,
la que no nada para nada.

La que habla con la f sin fallar…

Quefe-tefe-difi-jofo

La que dijo que la bota estaba allí y no la vio,
que de pronto invisible se volvió.

¡A ésa un fusible se le quemó!
¡Seguro!

Oye, no, su papá es el señor Bautista.
Bautista, el electricista,
el que fue a la escuela a encender linternas,
para buscar la bota como en una caverna.
¡Pero nada de nada encontró,
ni de noche ni de día se vio!

Después
llegó
Andrés…

¿Andrés?
¿Cuál Andrés?
El flaco… Andrés,
el que se rompió el pie…

Andrés Raimundo,
el que no deja
a Bé ni un segundo.

Andrés dijo que alguien,
todavía no sabemos quién,
se había puesto la bota sin querer.
Y entonces todos nos vimos los pies...

De uno por uno
para ver quién fue.

Hasta sospechamos del inglés,
el que tiene el diente encimado,
y que anda siempre enojado,
pero tampoco había sido él.

Lo que sí nos dijo el inglés
fue que Joaquín
estaba enamorado de Inés.
Y que andaba con su bota
(que es casi del color de las de él)
para estar siempre a sus pies.

¿Joaquín? ¿El que sabe todo de todo?
No, el otro Joaquín...
El que le dio la vuelta al mundo:
Joaquín, el de los aviones que vuelan,
el que por poco y no frena...

¡Joaquín, el de la bicicleta!

Entonces...

pero ése soy yo.

¿Eres tú?

¿De veras, de veras, eres tú?

A ver, a ver, muéstrame los pies.

¡Ah! Pues sí…
¡eres tú!

No le digas nada a Inés...